ÀS
PRESSAS?
SIM.

Editora Appris Ltda.
1.ª Edição - Copyright© 2024 do autor
Direitos de Edição Reservados à Editora Appris Ltda.

Nenhuma parte desta obra poderá ser utilizada indevidamente, sem estar de acordo com a Lei nº 9.610/98. Se incorreções forem encontradas, serão de exclusiva responsabilidade de seus organizadores. Foi realizado o Depósito Legal na Fundação Biblioteca Nacional, de acordo com as Leis nos 10.994, de 14/12/2004, e 12.192, de 14/01/2010.

Catalogação na Fonte
Elaborado por: Dayanne Leal Souza
Bibliotecária CRB 9/2162

J833p
2024

José, Hamilton
  Às pressas? Sim. / Hamilton José. – 1. ed. – Curitiba: Appris, 2024.
  240 p.: il.; 21 cm.

  ISBN 978-65-250-6406-2

  1. Estantes (Livros). 2. Várias histórias. 3. Florestas. I. José, Hamilton. II. Título.

CDD – B869

**Appris** editora

Editora e Livraria Appris Ltda.
Av. Manoel Ribas, 2265 – Mercês
Curitiba/PR – CEP: 80810-002
Tel. (41) 3156 - 4731
www.editoraappris.com.br

Printed in Brazil
Impresso no Brasil

**HAMILTON JOSÉ**

# ÀS PRESSAS? SIM.

CURITIBA, PR
2024

## FICHA TÉCNICA

| | |
|---|---|
| EDITORIAL | Augusto V. de A. Coelho |
| | Sara C. de Andrade Coelho |
| COMITÊ EDITORIAL | Marli Caetano |
| | Andréa Barbosa Gouveia (UFPR) |
| | Edmeire C. Pereira (UFPR) |
| | Iraneide da Silva (UFC) |
| | Jacques de Lima Ferreira (UP) |
| SUPERVISOR DA PRODUÇÃO | Renata C. Lopes |
| PRODUÇÃO EDITORIAL | Bruna Holmen |
| REVISÃO | Katine Walmrath |
| DIAGRAMAÇÃO | Ana Beatriz Fonseca |
| CAPA | Carlos Pereira |
| REVISÃO DE PROVA | Sabrina Costa |

**Agradecimentos carinhosos**

À minha filha Rosane

Ao meu genro Antônio

À minha neta Laís

Ao meu neto Antônio Neto

À minha neta Maria Fernandes

À minha companheira Olga

**Agradecimento especial**

À doutora Gilbetse

**Homenagem póstuma**

À Miraide (esposa) e ao Marcelo (filho)

À Leontina Barbosa e ao Fidélis Luiz (pais)

# PRÓLOGO

*A vida só temos uma.*

*Trate-a com muito amor,*

*carinho e devoção.*

# PREFÁCIO

Olha só? Mais um livro.

Já está virando rotina. Desde 2022, chegam os meses de abril/maio e meu pai vem dizer que está para sair outro livro.

Isso porque ele levou 87 anos para publicar o primeiro. Imagina se tivesse começado mais cedo? Estaríamos com grande parte da estante ocupada por seus escritos.

Hoje, aos 89 anos, nos oferece seu terceiro livro.

Seguindo a mesma linha dos outros dois, *Multiplicidade de caminhos* e *Agradável anoitecer*, temos agora *Às pressas? Sim*.

Histórias, situações e personagens que misturam o corriqueiro e o inusitado. Histórias independentes, às vezes leves, às vezes mais para pensar, como se costuma dizer.

Não sei até quando vai essa rotina de livro novo todo ano. Mas estou gostando de ver meu pai com 89 anos empolgado em criar.

**Rosane.**

*Filha do escritor Hamilton José*

# SUMÁRIO

A floresta ..................................................17

Às pressas?
Sim. ........................................................49

Baralhadas de expressões ............................73

Cotidiano ................................................109

Divertimentos no bosque .........................123

Esperando ...............................................141

Insatisfeitos .............................................157

Jovens destemidos ...................................173

Panoramas diversificados .........................201

Perspectivas ............................................217

Fim da passagem por aqui
LÁ NÃO ...................................................233

# INTRODUÇÃO

Foram realizadas pequenas abordagens num dos textos deste livro sobre o passado.

Agora vamos nos aprofundar mais um pouco.

Pois é, muita gente não se sente bem ao recordá-lo.

Ontem já é passado?

Sim.

Claríssimo.

Quantas atividades desenvolvemos de ontem para trás.

Levantamo-nos cedo.

Fizemos a primeira refeição do dia.

Às pressas fomos ao trabalho.

Fomos às academias fazer ginásticas.

Fomos fazer caminhadas.

Fomos ao mercado.

Fizemos compras de inúmeros produtos para a nossa alimentação — para amanhã e para os próximos dias.

Fomos às nossas igrejas.

Levamos as crianças para as escolas.

Mais tarde fomos buscá-las.

*Depois:*

*Demos uma passada numa livraria.*

*Compramos uma revista.*

*Retornamos para casa.*

*Na internet logo de manhã demos uma espiada nos acontecimentos ocorridos ontem.*

*Em seguida tiramos uma "soneca".*

*Sonhando com os acontecimentos bons já ocorridos.*

*Então por que falar mal do passado?*

*Outra coisa:*

*No passado havia quietude nas ruas, nas praças e nos parques.*

*A fiscalização era constante e assídua.*

*No passado a gente tinha a sensação de estar mais seguro.*

*Podíamos exercer as nossas atividades básicas e necessárias à nossa subsistência sem o menor temor.*

*Um exemplo: irmos a um parque sentir a aragem ou o vento brando a tocar de leve nossos rostos.*

*E hoje?*

# A FLORESTA

*Primeira parte*

O Fernandes caminhava pela selva, sem esperar se depara com uma quantidade enorme de bichos em sua frente.

Com a surpresa, permaneceu imóvel. Fechou os olhos por um minuto. Ao abri-los, todos haviam retornados à floresta, menos um, uma Oncinha.

Ela perguntou ao intruso: O que está fazendo aqui?

Ele respondeu: Vim me entreter e apreciar as árvores.

A Oncinha respondeu: Aqui é minha casa e de outros bichos. Você adentrou sem pedir licença.

Cuidado: não ande por aí sozinho. Ninguém te conhece. Temos preceitos rígidos. Tudo foi bem planejado.

Por exemplo: todas as árvores maiores estão numeradas. Está vendo aquela lá na frente de tamanho grande, é a de número um. Pois é, foi instalada embaixo da árvore a Administração da nossa floresta. Há um chefe e dois secretários e uma porta-voz.

Vou te levar para a árvore de número onze. Se acomoda embaixo. Não fuja. Não temos arroz, nem feijão e nem pães. Mas muitas frutas, são a nossa alimentação. Assim que o chefe decidir te receber, virei te buscar.

O chefe é o Macaco-Prego. Os secretários são: o Pombo e a Capivara e eu, a Oncinha, a porta-voz. Como ainda é dia, estão trabalhando.

Quando chegar a sua vez, irei te instalar dez metros distante da árvore de número um, onde se encontra a Administração. Diz seu nome e de onde veio. Não minta. Fale a verdade. Se mentir irá se "estrepar".

Não demorou muito o chefe solicitou à porta-voz levar o intruso para conversar com ele. Indagou de qual cidade viera e o que pretendia. O intruso relatou várias informações; e, por fim, pediu: Pretendo vir morar aqui nesta floresta, desde que o senhor autorize. Não tenho família. Moro sozinho. O chefe de imediato não deu resposta. Falou: Aguarde um pouco. A Oncinha irá te levar de volta à árvore onde se encontra instalado.

Em seguida ele pediu ao secretário Pombo que fosse até a cidade de origem do intruso para averiguar a sua performance desde quando nasceu.

## Segunda parte

Passados alguns dias, o secretário Pombo apresentou o seu relatório ao chefe Macaco-Prego. Não havia nada que o desabonasse. Em vista desse fato, o chefe autorizou o intruso a residir na floresta.

Aos poucos ele foi se adaptando à nova vida. Vivia e dormia embaixo da árvore de número onze. Às veze subia e permanecia sentado nos galhos. Esporadicamente ia até o rio tomar um banho rápido. Observava aquelas árvores de grande diâmetro e consistentes, cheias de belas folhas balançando ao acaso e à sorte.

Todas aquelas novidades o deixavam alegre e feliz. A porta-voz, a Oncinha, o fiscalizava. Sempre constatou que o intruso se amoldou e se ajustou às normas da comunidade.

O cabelo cresceu rapidamente, e a barba também, um pouco menos do que o cabelo. Estava semelhante aos seus amigos, os bichos daquela floresta. Ninguém mais o estranhava.

*Terceira parte*

Na floresta a vida vai seguindo vagarosamente sem a correria das cidades e sem o alvoroço e a fumaceira dos veículos.

Antes da implantação da comunidade todos os bichos e os pássaros se reuniram num espaço amplo. Foi decidido: todos serão amigos sem nenhuma distinção. Se alguém mais ousado quebrar a regra, imediatamente sofrerá o castigo: a expulsão do grupo. Não são como os humanos. Todo o tempo em litígios.

*Quarta parte*

Passado algum tempo, o intruso foi pedir autorização ao chefe para ir até a cidade. Ele autorizou, mas determinou à porta-voz que o acompanhasse — somente até a divisa da última árvore — e ficasse aguardando o seu retorno.

*O intruso cabeludo e barbudo, escondendo todo o seu corpo, causou a maior agitação na vizinhança. Alguém o viu pôr a chave na porta. O fato se espalhou por toda a cidade. Não podia ser o Fernandes, ainda mais daquele jeito. Ele sempre foi um homem sério e recatado.*

*Lá dentro da casa não conseguia fechar as janelas normalmente. Pegou um martelo — já era noite —, começou a bater forte para desemperrá-las.*

*Ninguém sabia o que estava se sucedendo. Até que lá pela meia-noite ele deu um rugido... Quem está fazendo barulho? Súbito apareceu na porta... Quando viram aquela figura cabeluda, barbuda e descalça... todos escapuliram-se.*

*A cidade ferveu, mesmo de madrugada os habitantes ainda se encontravam atordoados. Muitos comentavam: não será o diabo que se aportou na casa do Fernandes?*

*Daí um eletricista teve uma ideia: apagou as luzes da cidade. Foi pior. O Fernandes, agora o bicho Fernandes, saiu da casa tropeçando em cima das pessoas e se expressando alto: Apagaram as luzes? Quem foi que fez isso? O caos se estabeleceu.*

*Muitos gritavam:*

*O que aconteceu?*

*O que aconteceu?*

*O diabo no meio de nós.*

*Muitos diziam: Sai... sai... de mim, satanás.*

*Sai de mim, demônio...*

*Em seguida apareceu um desconhecido com uma quantidade enorme de velas. Alguns acenderam.*

*Não demorou muito, o Fernandes, agora o bicho Fernandes, lá pelas quatros horas da manhã, resolveu assustar as mulheres. Todas ainda se encontravam em frente à casa. A lua cheia iluminava o local.*

*Puxava o cabelo de uma...*

*Puxava o cabelo de outra...*

*Daí errou: puxou a barba de um homem...*

*Todas atemorizadas e o homem também:*

*Sai de mim, diabo...*

*Sai de mim, demônio...*

*Sai de mim, satanás...*

*Daí regressa.*

*Tranca a porta por dentro.*

Quando acabara de entrar, a luz retornou. Conseguiu fechar as janelas. Antes que o dia amanhecesse saiu pelos fundos de tal modo que ninguém percebeu. O povo, pensando que ele ainda estava lá, continuaram com as velas acesas. Aí um morador subiu no telhado. Não viu ninguém dentro da casa.

Outra confusão. Todos arrepiados diziam uns para os outros: Era o diabo mesmo que estava por aqui.

Lá de cima do telhado o morador gritou: Cuidado, ele está retornando. Confundiu roupas pretas no varal de uma casa.

Cada um deu no pé. Ao chegar em casa trancaram as portas e as janelas. Um bom tempo permaneceram dentro de casa com as velas acesas.

É mais seguro se prevenir do que se arriscar.


**Quinta parte**


Já próximo à floresta encontrou a Oncinha dormindo na sombra de uma árvore. Ao acordar repreendeu o intruso. Não avisou que iria demorar. Vamos, estamos atrasados. Agora terá que dar explicações ao chefe.

*Por enquanto, segue para a sua árvore, a de número onze. Assim que o chefe me avisar, venho te buscar.*

*A Oncinha logo apareceu. Vamos, vamos, o chefe te espera. Chegando lá o chefe fez algumas perguntas: Por que demorou para retornar de tua casa? Por que não avisou a Oncinha que ia demorar? Foi uma falha minha. Peço desculpas. A casa e as janelas estavam cheias de poeiras. Passei a noite limpando-as, mas consegui fechá--las. Pois bem, desta vez está perdoado. Pode retornar à sua árvore de número onze.*

**Sexta parte**

*A vida na floresta decorria tranquila. Aos poucos ia para mais longe conhecer a exuberância das árvores e colher as variedades de frutas que não existiam próximo ao seu local. Ficava encantado. Logo voltou. Dormiu um pouco.*

*Passados alguns meses, todos os bichos, inclusive ele, se reúnem num descampado. Em seguida se deslocam correndo rumo ao rio. O sol brilha no céu. Se jogam dentro. Uma farra impressionante.*

Não muito distante havia dois rapazes de uns vinte e cinco anos nadando. De vez em quando subiam no galho de um arbusto e mergulhavam no fundo do rio. Um deles enxergou lá do alto do galho uma movimentação estranha nunca vista, bem próxima dele. Avisou ao amigo, este também ficou atento. Daí os dois falaram ao mesmo tempo: é uma bicharada tomando banho.

Bicharada nesta região! Um dos bichos escapou da turma, caminhou próximo deles. Surpresos, ficaram sobressaltados. Pularam para a margem. Num ímpeto surpreendente, até se esqueceram das roupas que estavam guardadas num ramo grosso de uma árvore.

Seminus e totalmente molhados, deslocavam-se numa sequência de impulsos, num andamento veloz escaparam da mata e dos bichos. Entraram na cidade, pela rua principal, para alcançar as suas casas. Não tinha outro caminho. Àquela hora do dia muitos transeuntes tomavam conta das calçadas.

Dois rapazes, por acaso, passeando pelas calçadas, notaram que se tratava de dois amigos. Saíram às pressas e os alcançaram. Correndo ao lado, notaram os desesperos deles. Perguntavam:

*O que aconteceu?*

*Respondiam:*

*— Uma bicharada no rio... no rio...*

*— Uma bicharada no rio... no rio...*

*— Tomando banho...*

*— Tomando banho...*

*— Nadando...*

*— Nadando...*

*Uma bicharada no rio?*

*— O que é isso...*

**Sim.**

Espera aí... vocês estão sonhando acordados...

*Após um mês foram até aquela parte do rio averiguar se realmente era verdadeira a narração exposta por seus amigos.*

*Despreocupados entraram no rio.*

*Subiram numa árvore e avistaram um pouco acima: a bicharada lá estava tomando banho e nadando.*

*Não tiveram dúvidas.*

*Saíram da água.*

*Desordenados e apressados entraram na mata, na direção da cidade.*

*Demorou um pouco, mas chegaram.*

*Quando já estavam se aproximando da rua, observaram que se encontravam seminus.*

*As roupas ficaram escondidas atrás de um tronco.*

Mas chegaram sãos e salvos às suas respectivas residências.

Prometeram nunca mais voltar ao rio.

**Sétima parte**

Enquanto isso a bicharada nadava e se divertia. Não demorou muito, saltam da água. Correram tranquilos no encalço de suas moradas.

Para eles a vida continuou normalmente. Até o bicho Fernandes estava feliz na floresta.

Até que, numa manhã ensolarada, a Oncinha, que agora é uma "Onçona", ouviu alguns barulhos — socorro, socorro. Ela foi rápido avisar o chefe, que por sua vez determinou à Oncinha que convidasse dois bichos. Os três rapidamente foram ver o que estava acontecendo.

*Os caçadores entraram de propósito na mata para caçar, mas de repente notaram que realmente estavam no lugar errado. Mas já era tarde. Ao tentar retornar caíram numa armadilha. Lá ficaram presos.*

**Os bichos prepararam várias armadilhas em lugares diferentes depois que o bicho Fernandes entrou na comunidade com muita facilidade.**

*A Oncinha perguntou: O que vieram fazer aqui na comunidade. Um deles respondeu: Íamos caçar, não aqui, mas em outra mata. Então vocês têm hábito de nos caçar? Sim. A Oncinha ficou "puta da vida". Pediu aos dois bichos que os tirassem da armadilha e, em seguida, os levaram para o chefe decidir o que fazer.*

*O chefe perguntou aos dois: O que vieram fazer aqui? Os dois responderam: Íamos caçar, não aqui, mas em outra mata. Entramos aqui por engano. Então vocês têm o costume de nos caçar? Sim.*

*O chefe ficou brabo. Pediu à Oncinha e aos dois bichos que os levassem para a árvore número vinte — e dessem neles uma surra com vara marmelo. Após, soltassem os dois no meio da mata seminus — e saíssem correndo.*

*Os dois já pançudos não conseguiam correr, daí os dois bichos pegaram as varas de marmelo e ameaçaram dar nova surra... Aí sim... não tiveram uma alternativa: conseguiram ir com pressa e com as costas em brasa, sumiram na mata, mais tarde chegam à cidade.*

A notícia de que os dois apanharam dos bichos chamou atenção dos demais caçadores que nunca haviam entrado naquela mata, e sim em outra que fica no outro lado da cidade. Depois de conversarem bastante decidiram abandonar o costume de caçar, pois poderiam também entrar em mata errada e, em consequência, levar uma surra dos bichos, daí seriam motivo de risos da população.

### Oitava parte

Depois do fato inusitado em que deram uma surra nos caçadores e os expulsaram da comunidade, a vida da bicharada retornou ao normal.

A Oncinha não era mais a Oncinha, cresceu, agora já era uma "Onçona". Mas o coração continuou bondoso. Como porta-voz da Administração, está sempre observando o comportamento de seus amigos bichos. Sempre leva boas notícias.

*O bicho Fernandes se recolheu quietinho e pôs as barbas de molho. Não mais retornou à cidade.*

**Nona parte**

*A floresta é um oásis, ao contrário do que ocorre nas cidades, onde o povo nunca está totalmente satisfeito, se esforça cada vez mais à procura do estado de feliz, ventura e contentamento.*

*A bicharada, para mudar um pouco a rotina, constantemente marcam reunião num local aprazível, de lá disparam e se jogam para dentro do rio, onde tomam banho e nadam felizes da vida.*

*Enquanto uma minoria dos humanos, que se dizem inteligentes e modernos, estão sempre mal-intencionados, julgam que são os donos do mundo. Aí exibem suas forças bélicas inúteis, anunciando que irão abocanhar mais um pequeno pedaço de terra visando obter mais poderes.*

*Mas se esquecem. No outro lado também estão outros humanos, que querem a paz, mas estão preparados se forem molestados. Surpresos àquela minoria, ficam embananados.*

### Décima parte

Um dia, quem sabe, ocorrerá uma transformação radical e — aí, sim — toda a população do planeta será amiga, sem rancores e agressividade.
No momento a irracionalidade ainda impera.

### Décima primeira parte

Na presente história tem frases que beiram a realidade e tem frases que estão próximas da fantasia.
Cabe ao leitor diferenciar uma coisa da outra.

Fim.

# ÀS PRESSAS?
# SIM.

***Primeira parte***

Atualmente o anoitecer começa a clarear artificialmente assim que o dia for para casa descansar.

As lâmpadas, dezenas, centenas delas, se acendem tornando-o deveras um fato auspicioso.

Não é uma participação da natureza, mas o homem inquieto que procura o que fazer, tem receio da escuridão.

A escuridão não faz mal ao corpo humano, apenas dificulta os movimentos normais de quem está apressado.

***Segunda parte***

Mas por que a pressa?

Diz o ditado popular: aquele que tem pressa come comida crua.

Vejam-se algumas definições:

*Pressa para ir ao trabalho.*

*Pressa para retornar à residência.*

*Pressa para se alimentar.*

*Pressa para escovar os dentes.*

*Pressa para ir viajar.*

*Pressa para retornar.*

*Pressa para ir dormir.*

*Pressa para levantar-se.*

*Pressa para ir pagar as contas.*

*Pressa para trazer os comprovantes.*

*Pressa para pensar o que irá fazer da vida.*

*Pressa como se o planeta Terra fosse autodestruir-se de imediato.*

*Pressa é pressa. Não existe mais pressa e nem menos pressa.*

*Segundo o Dicionário da Academia Brasileira de Letras, a pressa é: "Necessidade ou o desejo de, sem demora, realizar alguma coisa, chegar a algum lugar ou atingir certo ponto. Responda logo, que estou com pressa. Tenho pressa de chegar à escola".*

**Terceira parte**

**Pressa atrapalhada**

*O nosso modo de levar uma vida em ordem, tranquila, muitas vezes dela nós nos esquecemos. No dia a dia, passamos por fases distintas sem perceber. A semana que começa dá-nos a impressão que será confusa.*

Vejamos a história de dois amigos — o Joaquim e o Pedro combinaram que no dia seguinte iriam assistir a um jogo de futebol. O Pedro com seu carro. Saída às 19h.

Trânsito estava infernal.

Automóveis por todos os lados.

Com a pressa, não pediram informações sobre quem teria o mando do jogo.

O Atlético ou o Coritiba.

O Coritiba ou o Atlético.

As cabeças dos dois amigos estavam todas embaralhadas.

Ligaram o rádio do carro.

Nada a respeito do jogo.

Foram até o estádio do Coritiba.

Estava fechado.

Ninguém por perto.

Com pressa e expelindo fumaça pela boca foram até o campo do Atlético.

Ao chegar constatam: milhares de torcedores tentando comprar ingressos.

Adquirem.

Agora adentrar.

Conseguem um bom lugar.

Os torcedores de um lado e de outro já estavam todos entusiasmados.

Já se aproximava a hora em que as equipes entram em campo.

Pouco antes do início do jogo as portas do estádio foram fechadas.

O jogo começa.

Na hora marcada.

Aos 30 minutos, um jogador faz uma falta, próximo à área.

Ele mesmo bate.

Faz o primeiro gol da partida.

A torcida do Atlético vai ao delírio...

Logo depois termina o primeiro tempo.

Após a folga de quinze minutos, inicia-se o segundo.

Os jogadores estão mais animados.

Muitas faltas graves.

O juiz rigoroso chama atenção de todos.

Aos quarenta e três, um jogador faz uma falta perigosa dentro da área.

O juiz apita — pênalti.

Forma-se um alvoroço.

Muitas reclamações.

O juiz não dá atenção.

Determina a cobrança.

Aos quarenta e cinco minutos — o jogo é empatado.

O juiz apita o final da partida.

Às pressas vai para o vestiário.

A torcida invade o campo.

Vai atrás do juiz.

A polícia entra em campo.

Pede calma.

Abrem-se os portões.

Já fora do estádio.

As torcidas se estranham.

Os dois amigos no meio da confusão.

Um sufoco.

Como já passa da meia-noite os torcedores vão se espalhando.

Rumo aos pontos de ônibus.

Os dois amigos chegam em casa.

Estressados.

Prometem a si mesmos: tão cedo não retornam mais a um estádio de futebol.

**Quarta parte**

**Pressa necessária**

A pressa deixa as pessoas ansiosas. Você vê todos os dias trabalhadores e trabalhadoras, ao descerem dos ônibus lotados, saírem correndo em direção aos seus trabalhos.

Nesse caso se justifica, pois necessitam ganhar dinheiro e levá-lo para casa para adquirir comida no mercado. É necessário assinar o ponto na hora já previamente marcada. Não o fazendo o salário sofrerá descontos correspondentes às horas não trabalhadas.

No retorno a pressa também é necessária. Conseguir um bom lugar no ônibus evitando de ir em pé onde muita gente está muito próxima uma da outra.

O ônibus para em seu ponto. Você antevendo muita chuva corre com pressa até alcançar a sua casa que lá está um pouco distante.

*No dia seguinte a mesma rotina.*

*Apressado segue em direção ao ponto de ônibus. No mesmo horário muita gente vem chegando, cada um procurando um lugar para se sentar.*

*Chegam à estação. Em seguida às pressas se dirigem ao trabalho. Começam a atender os consumidores. Eles olham uma roupa, olham outra. Comentam: Estão muito caras. Deixam as roupas em cima do balcão todas desarrumadas e amassadas. Vão embora.*

*O dono da loja reclama. O povo está sem dinheiro. As vendas estão caindo.*

*Arrumam todas as roupas. As colocam em seus lugares costumeiros. Às dezenove horas saem às pressas rumo ao ponto de ônibus. Entram. Procuram um lugar onde possam se sentar. Chegam em casa. Banho. Jantar. Dormir. Amanhã é outro dia.*

**Quinta parte**

**As pressas excepcionais**

Um fato inusitado.

Muita gente ao mesmo tempo decide ir a um shopping center. Lá ocorrerá grande liquidação.

Por volta das 9h30, os veículos começam a chegar.

A fila se estende até a rua.

Às 10h os estacionamentos são abertos.

Vão entrando devagar um atrás do outro.

O primeiro estacionamento aos poucos lota.

O segundo e o terceiro também.

Todos já se encontram devidamente estacionadas nas respectivas vagas.

Muitos veículos ainda aguardam na fila.

Os motoristas buzinam.

Um barulho ensurdecedor.

Os manobristas já perdidos não sabem o que fazer.

Um deles sugere.

Os motoristas com seus veículos que ainda estão na fila podem entrar no 1º, no 2º e no 3º estacionamentos.

Deverão se posicionar na frente ou atrás dos veículos já estacionados.

Os fregueses compram, compram. Circulam com seus carrinhos pelo shopping à procura de outros produtos.

Um bate no outro.

Ficam irritados.

Pouco espaço.

Quando decidem ir embora não conseguem sair.

As portas lotadas.

Quando alguns conseguem não encontram os veículos.

Tem tantos.

Um atrás do outro ou na frente do outro.

Uma verdadeira balbúrdia.

O que fazer?

Ninguém sabe.

Os donos das lojas se reúnem com os responsáveis pelo shopping.

Discutem, discutem e não encontram uma solução.

Um deles sugere.

Vamos pedir vários helicópteros.

Ideia de jerico.

Os estacionamentos são fechados.

Outro dá sua opinião.

Vamos pedir três guinchos.

Aí sim.

Os carros com seus ocupantes que estavam atravancando as saídas dos estacionamentos são levados um por um até as ruas próximas.
Liberadas lá pela meia-noite.

Os demais veículos com seus ocupantes conseguem sair.
Todos retornam sãos e salvos.
A cabeça não serve só para pôr o chapéu.
Tem que usá-la para encontrar uma solução para casos inéditos.

### Sexta parte

### Às pressas são equívocas

Os dois relatos são uma amostra do que acontece diariamente com milhões de pessoas.
Os ônibus estão sempre lotados. Apesar de existirem milhares de ônibus em todas as cidades, os trabalhadores e as trabalhadoras sofrem para irem e retornarem do trabalho.

Mesmos nas cidades onde existem metrôs, o drama é semelhante. Não há lugares para todos se acomodarem. Dezenas ficam em pé.

Nos estádios de futebol — na saída — sempre acontecem fatos desagradáveis.

Fim.

# BARALHADAS DE EXPRESSÕES

**Prepare-se**

Tu vais.

ou.

Tu vens.


Ir.

ou.

Vir.


Indo.

ou.

Vindo.


Você vai.

ou.

Você vem.

Todos os acontecimentos de ontem para trás, claro, pertencem ao passado.

Nascemos, crescemos, estudamos.
Escolhemos uma profissão.
Trabalhamos com perseverança para atender os pacientes e os clientes.
E todos aqueles que necessitam de nossa profissão.

Se temos um consultório, um comércio ou uma indústria, queremos ser úteis e reconhecidos pela sociedade.
Nem só de trabalho vivemos.
Também temos que cuidar de nossa saúde.
Usufruir, desfrutar as vantagens de umas férias.
É útil e agradável.
Daí a gente retorna renovado para enfrentar o dia a dia com entusiasmo.
Os móveis e os utensílios acomodados e adaptados em nossas salas, quartos ou cozinha foram adquiridos com o fruto de nosso trabalho.
Fazem parte permanente daqueles espaços.
Os veículos nas garagens, também.
A nossa mente é depósito de tudo o que você já fez ou já realizou.

Se ocorreram situações agradáveis a lembrança trará um bem-estar passageiro.

Do outro lado, os fatos indesejáveis ficarão escondidos em nossa mente.

O homem dormiu muito.

Levanta-se atrasado.

Veste-se apressado.

Precisa ir trabalhar.

Chega na mesa bufando.

Pega um pouco de leite com café, vários pedações de pães.

Coloca tudo na boca.

O estômago não aceita aquela quantidade enorme de comida.

O sujeito tem um refluxo.

A comida sai numa velocidade tal que mancha toda a roupa, a gravata e o sapato.

Dá um grito desesperado.


Está atrasado para o trabalho.

Xinga todo mundo.

Até quem inventou o inferno.

Retorna apressado para o quarto.

*Tira toda a roupa e o calçado.*
*Veste outra roupa limpa e bem passada.*
*Calça outro sapato.*
*Corre para a garagem.*
*Abre a porta.*
*Entra dentro do carro.*
*Procura a chave.*
*Não a encontra.*
*De novo dá um grito.*
*Xinga novamente todo mundo.*
*Até o filho de quem inventou o inferno.*
*Retorna a casa.*
*Entra no quarto.*
*Procura, procura a chave do carro.*
*Encontra-a no bolso da calça suja.*
*Pega a chave e sai correndo.*
*Abre a porta do carro.*
*Entra, coloca a chave na ignição.*
*Vira a chave.*
*O carro não pega.*
*Está fazendo muito frio.*

Tenta, tenta e nada.

O carro não quer conversa.

Sai apressado.

Xingando todo mundo de novo.

Abre a garagem.

Decide ir ao trabalho a pé.

Quando já estava no meio do caminho, cai uma chuva forte.

Molha a cabeça.

Molha as roupas.

Encharca os pés.

Novamente xinga todo mundo.

Chega ao trabalho bastante atrasado.

Todo molhado.

Os colegas vêm acolhê-lo.

Um deles liga para uma loja.

Pede uma camisa.

Pede uma calça.

Pede um sapato.

O funcionário da loja com os pedidos chega à empresa.

Vai experimentar.

A camisa é pequena.

A caiça é muito grande.

O sapato aperta o pé.

Chama os colegas.

Mostra a camisa.

Mostra a calça.

Mostra o sapato.

Não servem.

Desaba no piso.

De tanta raiva.

Hoje realmente deveria ter ficado em casa.

O trabalho que se fo...

Quase sai um palavrão.

Dizem que o dia de hoje é o que interessa no momento.

Deve-se aproveitar muitas ocorrências boas que aconteceram.

Há muitos incentivos em nossa volta.

Mal damos conta de todas as obrigações do dia a dia.

A concorrência é grande.

Vivemos num mundo cheio de contradições.

Não se compra a saúde.

Aquela que temos devemos conservá-la com muito carinho.

Trabalha-se de dia e de noite.

Corre-se para lá.

Corre-se para cá.

Indo e vindo acelerado.

Muito cuidado para não acontecer o que aconteceu com aquele sujeito.

Preocupado com o trabalho e com a cabeça cheia de anotações.

Tropeçou numa saliência de uma rua.

Ficou com as pernas para cima.

A cabeça para baixo.

Olhava, olhava.

Tudo escuro.

As pernas balançando pedindo socorro.

Naquela situação esdrúxula desmaiado.

Sonhou.

Lembrou-se de quando era jovem.

Ele junto com seu irmão pulou o muro do quintal.

Entraram no quintal do vizinho para apanhar jabuticaba.

*O dono apareceu, deu uma bronca.*

*Não colheram nada.*

*Pularam do galho da "jabuticabeira".*

*Caíram em cima de um cachorro que começou a latir.*

*Saíram correndo, o cachorro atrás.*

*Pularam novamente o muro para o quintal deles.*

*Caíram dentro de uma bacia de roupas.*

*A mãe estava estendendo no varal.*

*Ela pegou o chinelo, foi atrás.*

*Na confusão se esconderam debaixo cama.*

*Os filhos vão crescendo.*

*Encontraram trabalho na cidade onde nasceram.*

*Adivinhar o futuro é com a cigana.*

*Mas nada impede que façamos algumas projeções.*

*Se serão colocadas em prática depende de muitos fatores alheios à nossa vontade.*

*Há uma história de um candidato a um emprego importante de uma grande empresa.*

*A ele foi encaminhado um documento para ser preenchido com alguns dados pessoais.*

*Uma das perguntas era: Você acha que o trabalho que está reivindicando lhe oferecerá algum risco?*

*Ele escreveu: A não ser que o teto do local onde possivelmente irei trabalhar caia em minha cabeça.*

*O diretor do Setor de Pessoal o convidou para ir conversar.*

*Perguntou: Você está brincando?*

*Daí disse a ele: Veja a quantidade de candidatos a uma só vaga que hoje estamos oferecendo.*

*O diretor coçou a cabeça.*

*Pensou um pouco.*

*O candidato ao emprego ficou ansioso.*

*Daí o diretor levantou-se.*

*O candidato também.*

*Disse a ele: Gostei da resposta.*

*Hoje mesmo irei convidar o engenheiro da empresa para realizar uma vistoria no teto.*

*Você será contratado.*

*A vaga é sua.*

*Pode começar amanhã.*

*O candidato pulou de alegria.*

*Deduziu: às vezes vale a pena a gente arriscar.*

Falar a verdade.

Muita gente foi convidada a morar em um novo país.

Lá tem de tudo.

Casas mobiliadas.

Tem muito trabalho.

De acordo com suas habilidades.

Tem muitos mercados.

Você ganha o suficiente para levar uma vida folgada.

Tem muitos divertimentos.

Também arroz e o feijão.

Muitas verduras.

Produzidas lá mesmo.

Adquire muita saúde.

As ruas são largas.

Os veículos não poluem.

Você dorme sossegado.

Não há barulho.

Anualmente ganham férias.

Você pode gozá-las dentro de naves especiais.

Ela navega pelos espaços durante vários dias.

A beleza encanta.

Depois retorna.

*Tem muita gente aguardando.*

*Sua vez de viajar.*

*Enquanto aqui vende-se parte das férias.*

*O dinheiro anda curto.*

*Você tem que se virar.*

*Como se fosse um gambá coçando o longo rabo.*

*Mas não desiste.*

*Possui uma força enorme interior.*

*Sairá vencedor.*

*A intolerância campeia na rua.*

*Ninguém mais se sente seguro.*

*As chuvas levam tudo.*

*É a natureza se vingando.*

*A paz é proibida.*

*Melhor brincar um pouco consigo mesmo.*

*Olhando no espelho: Como estou velho.*

*Ontem eu era uma criança.*

*Não conhecia nada.*

*Daí você rindo.*

*Seu vizinho parece um porco-espinho.*

*Poderá o arranhar todo.*

*O rapaz mora numa cidade grande.*

A mesma rotina todos os dias.

Resolve visitar um primo que mora no interior.

Chegando em sua casa perguntou ao primo:

Há algum rio aqui por perto?

O primo do interior respondeu:

Há, sim.

Não está muito distante.

De enorme tamanho.

O primo do interior perguntou:

Podemos fazer uma pescaria?

Há anos que não faço.

O primo do interior respondeu:

Se quiser poderemos ir amanhã.

Combinado.

Passaram o resto da tarde e uma parte da noite realizando os preparativos.

... varas de pescar.

... anzóis.

... bornal.

... iscas para atrair e pescar o peixe.

... sacolas para comidas.

No outro dia bem cedo.

*Acomodam tudo na camionete.*

*Seguem em direção ao rio.*

*O sol estava de rachar asfalto.*

*Escolhem lugares embaixo de árvores.*

*Na beira do rio.*

*Sentam-se.*

*Ficam à vontade.*

*Preparam as varas de pescar.*

*Em seguida as jogam dentro do rio.*

*Passam:*

*... dez minutos.*

*... quinze minutos.*

*... trinta minutos.*

*... cinquenta minutos.*

*... noventa minutos.*

*Nada de peixe beliscar as iscas.*

*Já estavam cansados.*

*O primo da cidade grande tira uma soneca.*

*Ronca.*

*O outro também.*

*Embora embaixo de árvores, o sol castigava.*

Não mais do que de repente, a vara de pescar do primo do interior balançou.

Sentiu um puxão forte.

Quase cai dentro do rio.

Deu um grito.

Primo, acorda.

Ele deu um pulo.

O primo do interior.

Rápido, me ajuda aqui.

Os dois seguram a vara com força.

A vara estava sendo puxada.

Até entortava.

Os dois estavam sentados.

Depressa se levantaram.

A vara dançando dentro do rio.

O peixe puxava para um lado.

Os primos puxavam para cima.

Os três lutavam.

O peixe tentando escapar.

Os primos tentando trazê-lo para fora.

Até que...

Até que...

Até que...

Os primos já cansados conseguem trazê-lo para fora.

Gente...

Gente...

Gente...

Era um peixão enorme.

Com duas mãos.

De quase dois metros de comprimento.

Pele bem escura..

Os primos viram aquilo.

Saíram correndo.

Com as duas mãos firmes no solo.

O rabo balançando.

Passados uns trinta minutos, chegam à cidade.

O peixão com duas mãos.

Os transeuntes, vendo uma coisa nunca vista, somem em disparada.

Uma confusão danada.

Ninguém ajudava.

Até que apareceram dois bombeiros.

Cada um com cordas grossas nos braços.

Tentavam laçar o peixão.

*Enquanto isso os primos desapareceram.*

*Os bombeiros não conseguiram.*

*Daí o peixão se aproximou, deu duas dentadas.*

*Pegou nas botas, que os salvaram.*

*Os bombeiros com medo também sumiram.*

*Lá na frente há uma piscina pública bem grande.*

*Muitos habitantes estavam nadando.*

*O peixão com as duas mãos pula dentro da piscina.*

*Foi um deus nos acuda.*

*Um foi mordido na bunda.*

*Outro no dedão do pé direito.*

*Todos gritando socorro.*

*Até que conseguem sair numa disparada pelas ruas.*

*As mulheres só de maiôs.*

*Os homens só de bermudas.*

*A cidade ficou vazia.*

*Veio uma chuva forte com ventos e trovões.*

*As ruas ficaram todas alagadas.*

*A piscina transbordou.*

*O peixão com as duas mãos saiu nadando.*

*Lá na frente há um pequeno rio.*

*O peixão pulou dentro.*

E desapareceu...

De manhã no dia seguinte, os curiosos assustados chegaram próximo à piscina.

Lá dentro no fundo da piscina apareceu uma coisa preta enorme.

Não tiveram dúvidas..

Concluíram que era o peixão.

Saíram apressados para avisar a população.

Naquelas alturas o peixão com duas mãos já estava nadando rumo ao seu habitat.

A coisa preta nada mais era do que a cobertura da piscina.

Com a chuva forte com vento ela escapou do lugar onde fica guardada.

Foi para o fundo da piscina.

História de pescador?

Não.

História verdadeira.

Acredita quem quiser.

Que o peixão com duas mãos existe, existe.

Se porventura estiver com dúvidas, vai nadar no rio que passa perto de sua cidade.

Boa sorte.

São muitas escritas.

Para a gente ler e dormir bem à noite.

Bom sono.

Fim.

# COTIDIANO

*Primeira parte*

O cotidiano, uma palavra simples, mas tem relevância. Você usa a todo momento. Trezentos e sessenta dias por ano.

Uma pessoa com setenta anos, tendo como base um mês de 30 dias e um ano de 360 dias.

$$70 \times 360 =$$

2.520 (dois mil e quinhentos e vinte) dormir por ano.

2.520 (dois mil e quinhentos e vinte) acordar por ano.

2.520 (dois mil e quinhentos e vinte) lanches da manhã por ano.

2.520 (dois mil e quinhentos e vinte) almoços por ano.

2.520 (dois mil e quinhentos e vinte) lanches da tarde por ano.

2.520 (dois mil e quinhentos e vinte) jantares por ano.

2.520 (dois mil e quinhentos e vinte) idas ao trabalho por ano.

2.520 (dois mil e quinhentos e vinte) voltas do trabalho por ano.

Assim, continuamente.

Esse levantamento é apenas uma amostra do que se sucede com uma pessoa no decorrer de um ano. Não são dados científicos. Apenas uma curiosidade para chamar atenção de quem anda meio atrapalhado.

Se você acha que a vida é chata, enfie a cabeça e o pescoço dentro de um travesseiro. Daí vai raciocinar que viver aqui fora, apesar de todas as frustrações que acontecem, ainda é o nosso único motivo para continuar a jornada que nos foi dada pela natureza.

É um pecado viver com a cabeça baixa e sem ânimo para acolher os benefícios que estão nos esperando desde quando nascemos. O dia é lindo, e a noite é acolhedora, quando nos reunimos com as nossas famílias para um bate-papo gostoso.

**Segunda parte**

Você vai para a cama duas mil e quinhentas e vinte vezes por ano. Já pensou: quantas vezes sonhou? Sonhou que a porta principal de sua casa estava aberta. Levanta-se às pressas com as luzes todas apagadas, dá de frente com um sofá, cai por cima dele — o sofá é fofo, você começa a pipocar para cima e para baixo, de repente as molas se soltam e você bate a cabeça lá teto...

O vizinho de cima acorda puto da vida — o interfone toca, você vai atender... Alô, alô, o que está acontecendo aí? Você responde: Por ora, nada. Por que então esse barulhão? Você responde: Estava sonhando. E o vizinho: Tome um chá de camomila para se acalmar... Não dando certo, saia na chuva, deve vir um trovão forte, o deixa todo iluminado... molhado. O sonho vai embora.

Quando a pessoa dorme tranquila, ela não desperta durante a noite, não tem pesadelos e não sente dores no corpo pela manhã. Permite ao corpo e à mente descansar e se recuperar normalmente.

Ao acordar, há disposição para cumprir as tarefas do dia, a pessoa as resolve sem problemas. Assim o corpo tem um bom funcionamento.

Você se encontra renovado, alegre e contente. Você vai ao parque, fica apreciando a beleza das árvores e a corrente contínua de um rio indo em direção ao mar.

**Terceira parte**

A primeira refeição do dia é importante. Nunca a faça apressado, senão irá ficar com o estômago reclamando. A mesa está farta. Aproveite. Não dá nenhuma atenção? Entende erradamente que o trabalho vem em primeiro lugar, mas não é assim, não. Agindo assim pouco produzirá.

O corpo é uma máquina, como toda máquina ele necessita de atenção e carinho. Não importa a idade.

Uma rápida comparação: você leva seu veículo ao posto. Pede para completar o tanque com gasolina. Verificar o óleo. Preencher os pneus que estão murchando. Ele sai dali todo faceiro, com você na direção.

Não se esqueça, dê umas caminhadas, vá passear num parque, tomar sol, daí seus pés, seus joelhos, suas pernas, seus braços se revigoram. Com certeza não ficará com dores, manco, coxeando pelas ruas...

A marcha da vida não é estanque. Está sempre se movimentando. Não existem duas opções. O único que existe é em direção à eternidade.

Os dias e as noites não são homogêneos. Você também nunca é o mesmo. Hoje você está diferente. Está com outro astral, continuamente trocando de roupas, de calçados, altaneiro para enfrentar o que der e vier.

**Quarta parte**

**Filosofar**

Cotidiano: significa aquilo que ocorre todos os dias. Exemplo: você vai sempre almoçar em casa.

*Cotidiano:* você tenta mudar os hábitos alimentares, mas é uma decisão sempre adiada.

*Cotidiano:* sua filha sai para ir ao teatro.

*Cotidiano:* você se manifesta sobre um propósito de mudar de vida, mas não consegue. A sua rotina está arraigada em sua mente.

*Cotidiano:* você insiste com a mesma ideia, nunca muda, acha difícil deixar a mania que o acompanha há muito tempo. Entrar e sair em qualquer ocasião pela mesma porta de sua casa.

*Cotidiano:* faz sozinho esforços inúteis contra o abuso de poder, presente em todas as atividades particulares ou públicas. Todavia, não se deve fugir da luta. Um dia vencerá.

*Cotidiano:* é aquilo que é diário — reunião dos atos habituais e permanentes que uma pessoa desenvolve no decorrer de um dia.

*Cotidiano:* você está preocupado. Tenta descobrir o que pode indicar o tempo que lhe resta da sua vivência.

*Cotidiano:* significa aquilo que é natural ao ser humano, mas você não concorda com o significado dessa palavra rotineira. Devemos conformar o que dizemos com o que fazemos.

*Cotidiano:* aceitar os fatos com resignação quando não há outro percurso.

Ao longo da caminhada o tempo irá se encurtando para você. Não há remédio para isso. Perder tempo com banalidades pode lhe trazer arrependimentos constantes.
Faça o que você gosta. Não aceite palpites de outrem. Ninguém sabe o que pensas. Eu sou útil a mim mesmo, é isso que importa. Em quaisquer circunstâncias. Se alguém dorme tarde e acorda ao meio-dia, problema é dele. Cada um sabe onde apertam os calos.
Não existe mal maior do que as suas forças. Aguente firme os solavancos.

*Fim.*

# DIVERTIMENTOS NO BOSQUE

**Primeira parte**

Estava eu sentado em um banco de uma praça próxima a uma rua meditando sobre a vida.

> De repente observei: uma pessoa passou correndo em alta velocidade.
>
> Em seguida outra.
>
> Em seguida mais outra.
>
> Levantei-me, curioso, também saí correndo mais veloz que os três.
>
> Os encontrei.
>
> Perguntei a eles:
>
> O que está acontecendo?

*Estamos indo em direção ao bosque, hoje é inauguração de vários divertimentos.*

*Uma grande festa iniciará às 17h.*

*Respondi: Ah, é?*

*Então irei junto.*

*Aí nós quatro resolvemos correr mais rápido ainda, pois estávamos atrasados.*

*Bem lá na frente o encontramos. A festa já estava acontecendo. Chegamos ofegantes. Um segurança que se encontrava na porta, em pé, autorizou a nossa entrada. Mas aviscu: Hoje é a inauguração de vários empreendimentos, a entrada é livre. A partir de amanhã, não.*

*Segunda parte*

Já dentro vimos que o espetáculo era deslumbrante. Restaurantes, salão de festas, churrasqueira, piscinas olímpicas, piscinas para crianças, campo de futebol, academia de ginástica, pista para fazer caminhadas.

O local era bem cuidado e já estava lotado.
Decorado com as folhagens do bosque.
O zum-zum se espalhava por todo o recinto.

*Terceira parte*

O presidente do bosque empolgado — usando um megafone — convidou a todos os presentes para um jantar de gala que começaria a ser servido a partir das 18h.
Após o jantar formaram-se vários grupos. Alguns começaram a falar sobre futebol e sobre política. Outros foram conhecer as novidades. Não demorou muito, a conversa estava animada.

No início era apenas entre dois grupos. Depois o papo se estendeu. Outros grupos observavam. Em seguida, também entraram na conversa. Se misturaram. Futebol e política eram os assuntos prediletos.

Já estava anoitecendo. Como futebol e política predominam em qualquer lugar, combinaram que em outra ocasião dariam continuidade à reunião. Ficaram amigos. Se despediram. Uns ainda resolveram fazer uma caminhada pelo bosque.

**Quarta parte**

O bosque foi todo iluminado.
O conjunto musical desfilava o seu repertório romântico.
Enquanto aqueles gostavam de uma boa conversa, outros aproveitavam as estruturas que o local estava oferecendo.

      a. Uns comiam

          uma sobremesa gostosa.

      b. Outros dançavam

          nas pistas que brilhavam.

c. Quem não estava dançando, estava nadando nas piscinas olímpicas.

d. Outros apenas descansavam sentados ao ar livre.

e. Outros sentados conversando e ouvindo música.

f. Outros foram jogar futebol.

g. Outros foram para a academia fazer ginástica.

h. Outros simplesmente tiravam uma soneca.

Foi uma festa de arromba.

## Quinta parte

## No dia seguinte

Quem não pôde participar da festa de inauguração — haja vista que já pelas 16h50 o bosque já estava lotado — prometeu a si mesmo que nas próximas vezes irá conhecê-lo.

A notícia se espalhou rapidamente — todas as cidades próximas, também as mais distantes tomaram conhecimento do bosque de divertimentos. Os ingressos que foram colocados à venda para a próxima semana se esgotaram.

No dia seguinte a festa continuou. Logo cedo muita gente de toda a região já fazia filas para adquirir o ingresso.

Às 10h o povo começou a entrar. Cada um procurava um lugar onde pudesse melhor apreciar as atividades que estavam sendo preparadas.

Em vários locais seriam servidos lanches por volta das 13h, para aqueles que desejassem. Por conta da casa.

Como é muita gente, serão colocados em cima de mesas grandes instaladas em quatro locais diferentes em redor do bosque.

Todos poderão se servir à vontade. Sentar-se-iam em locais onde melhor se adaptassem.

O jantar à disposição de todos a partir das 18h, no sistema por quilo. Pagamento quando for pesada a comida.

Paralelamente, as pistas de danças localizadas ao lado do salão de jantar já estavam abertas com os conjuntos musicais a postos.

À disposição, também, estavam as piscinas, os campos de futebol, as academias de ginastica e as pistas para caminhadas em torno do bosque. Ou simplesmente algumas pessoas ficaram ouvindo músicas e descansando do trabalho do dia a dia.

O espaço era amplo e agradável. Muitas árvores, muitos pássaros cantando.

Todos se divertiam à sua maneira de ser.

**Sexta parte**

De repente, ninguém soube informar como, apagaram-se as luzes do salão de jantar e das pistas de dança.

Embora sem luzes, o céu estava bem iluminado com a lua cheia. Os locais não ficaram totalmente escuros.

*Infelizmente, aparecem quatro rapazes bêbados fazendo gracinhas para os casais que estavam sentados.*

*Dois diretores foram conversar com eles, para que deixassem o salão.*

*Disseram a eles: Vocês estão dando o maior vexame.*

*Concordaram e acompanharam os diretores para o lado externo.*

*Nesses instantes as luzes retornam.*

*Eles disseram aos diretores que nunca haviam ingerido bebidas alcoólicas.*

*Pediram para que eles, os diretores, telefonassem para suas famílias para virem buscá-los.*

*Assim foi feito.*

*Retornaram aos seus lares.*

*Prometeram a si mesmos nunca mais repetir o que fizeram.*

### Sétima parte

*O jantar e as danças continuaram animados como se nada tivesse acontecido.*

*Provou-se mais uma vez, quando a atividade é séria e sadia, todos elogiam. A vida é para ser vivida. Não para ficar fazendo Intriga, fuxico, mexerico, do semelhante. Bons divertimentos a todos.*

*Fim.*

# ESPERANDO

*Primeira parte*

*A encrenca*

Desde o nascimento estamos sempre esperando alguma coisa. Espera-se, por exemplo, que o novo dia desde cedo venha abarrotado de bons fluidos.

Seja otimista, não se manifeste como aquele morador que estava aguardando uma visita. Se aborreceu.

Permanece espreitando o relógio: 19h, 20h, 21h30, 22h, 23h e nada. Ninguém apareceu. Vai até a porta da sala, olha disfarçadamente. Lá fora não perceber viva alma.

Impaciente ele dá um chute forte na porta. O dedão a fura, mas principia uma dor intolerável.

O vento de inverno penetra por aquela abertura arredondada resfriando a casa, balançando as roupas que estavam nas "araras" próximo às janelas abertas.

Se propaga pela casa inteira. Muitas escapam para o quintal enroscando nos galhos das árvores. Os pássaros que lá estavam tranquilos descansando, alguns dormindo, se assustam. Acordam, batem as asas e vão embora.

A Joaquina estava trabalhando. Chega em casa por volta das 17h. Fatigada presencia as roupas em cima dos galhos das árvores. Põe-se "louca da vida".

Pede explicações ao marido. Onde foi durante o dia e como as roupas se assentaram nas árvores? Você fica em casa e não cuida de nada? Já pensou: a vizinha observando roupas alinhando nos galhos? Reclamava, reclamava — apanhou um rodo e ameaçou jogá-lo em sua cabeça.

O marido não pensou duas vezes. Conjecturando que sua mulher tivera um surto psicótico, saiu pela porta da cozinha açodado em direção ao quintal. Esconde-se atrás de uma árvore.

Já de noite o marido decide retornar. Vagarosamente vai entrando. Antes dá uma olhada. Será que há algum rodo escondido atrás de alguma porta?

Em seguida pressente um odor de velas. Ainda desconfiado entra na sala. Espia a mulher no quarto com velas acesas pedindo:

*"Nunca mais quero ver roupas penduradas em galhos de árvores à vista da vizinha".*

Num instante olha para trás, observa o marido assustado, pergunta: Onde esteve, meu amor?

O marido responde: Fui fazer uma visita ao Zé que tem uma quitanda lá na esquina. Ficamos batendo papo.

**Segunda parte**

**Os enrolados**

Assim navega a vida: aos trancos e barrancos. Esperando-se que muitos dos fatos habituais se desenrolam durante o dia, também durante a noite — com bons propósitos — são para formar no espírito das pessoas pensamentos ou ideias positivas em benefício da comunidade.

Paralelamente, muitas pessoas de más índoles, que não são a maioria, deixam rastros por onde passam, acabam caindo nas redes dos honestos. Se não se endireitam, pelo menos recebem os castigos que merecem.

Muitos procuram fugir da armadilha. Se dão mal. Pulam o muro e caem em cima de pedras queimantes. Entortam os pés. Eles saem manquitolando. Lamentam o fato por serem desonestos.

## Terceira parte

## Caminhos sem rumos

Não há como associar por inteiro todos num mesmo barco. As dissensões sempre houve e haverá. Cada um foi criado para seguir por rotas distintas.

Os conflitos devem ficar de escanteio. O diálogo deve constantemente prevalecer. Mantendo-se o entendimento a paz manifesta-se homogênea.

Os homens, muitos são conservadores. Veja o caso dos comerciantes. Desde jovens estão sempre atrás dos balcões. Quando saem para tomar um cafezinho no bar vizinho, nunca se esquecem de levá-los junto encobertos em suas mentes.

Se acomodam. O conformismo muitas vezes atrofia o desejo de tornar-se próspero. Não espere sentado aguardando uma ocorrência extraordinária. Ninguém vem ajudá-lo a tirar o pé do sofá.

Levante-se, seja firme como uma massa compacta de cimento. Somente tome muito cuidado. Se cair, ficará com os pés levantados, disparando maus prognósticos para toda a redondeza.

**Quarta parte**

**A cigana**

Mas esperando — nem sempre se recebe notícia bondosa. A vida é um vai e vem ininterrupto. Sai de casa com a cabeça quente (precisa resolver problemas financeiros) percorrendo as ruas a pé.

*Surpreendentemente dá de frente com uma cigana. Fica-lhe perturbando: "Venha ver a sua sorte, venha ver". Você se senta num banco da praça e ela vai atrás. Tá bom. Você mostra a mão esquerda. Ela examina. Diz: Este traço indica que irá sofrer hoje um acidente.*

*Embora você não acredite em cigana — foi um presságio preocupante.*

*Você se afasta rápido da cigana, entra num restaurante para esfriar a cabeça. Permanece um bom tempo por lá. Começa a chover. Ansioso retorna à rua à procura de um táxi. Não encontra nenhum.*

*Logo desaba uma chuva robusta. Relampejos e ventos acontecem. Forma-se uma correnteza deslizante. A rua é em declive. De repente sofre um impulso. Tropeça e desmorona dentro de uma depressão existente na rua onde se formou uma cratera.*

*A cratera enche-se de água. Você aflora. A tempestade e a água vão te levando. Vão levando. Quando se aproxima de tua casa, segura-se no portão. A chuva diminui, você a penetra todo molhado.*

*Foi uma aventura inesperada.*

*Pois é, a cigana acertou.*

## Quinta parte

## Perdidos na lua

*Esperando, espera-se, observa-se, hoje há muita gente perdida no mundo da lua, literalmente. Passa por você na rua. E você o cumprimenta:*

*Como tu estás?*

*Ei, como tu estás passando?*

*O cara — não está nem aí.*

*Estás perdido no mundo da lua?*

*Oi, oi, sou eu...*

*Comportamento estranho...*

*Acorda, cara... vem vindo chumbo grosso por aí.*

*Não há como ninguém escapar — mesmo esperando mais um pouco. Uma saraivada de fenômenos desconhecidos está desprendendo de um todo maior num espaço longínquo, não se sabe quando atingirá a população em cheio.*

Daí o planeta Terra começará a se movimentar no sentido contrário ao de hoje. Contaram-me que ele anda irriludiço com seus habitantes. Não cumprem as suas recomendações. Se não mudarem seus hábitos serão punidos drasticamente. Daí, sim, esperam-se novas mentalidades.

**Sexta parte**

**Renascença**

Então fique esperando. Não se apresse. Ande devagar. Os seus passos vigorosos, ativos, enérgicos, demonstram o que você é.

A palavra "esperando" é ampla, abrangente, faz parte de nossas atividades diárias. Uns esperam fazer uma boa compra numa loja. Outros esperam escolher bons produtos num mercado.

Outros esperam continuar lúcidos, concisos, com clareza de pensamento e uma existência longa e produtiva.

Amém.

Fim.

# INSATISFEITOS

*Primeira parte*

*A fumaceira*

Todo dia de manhã observo um espetáculo curioso. Dezenas de veículos um atrás do outro trafegando no sentido ao centro da cidade e adjacências, possivelmente para cumprir seus compromissos profissionais do dia.

No final da tarde ocorre o oposto. Talvez os mesmos veículos retornando em direção aos espaços onde residem.

As ruas transformam-se num mar de fumaça, penetrando pelas narinas rumo aos pulmões dos habitantes.

Muitos reclamam de tal situação e não conseguem dormir tranquilos. Ficam virando de um lado para o outro. Ao acordar dão uma olhada no relógio. Atrasados, pulam da cama zonzos e desajeitados soltam uma fumaceira pelas ventas, tombam no piso situando-se com as pernas para os ares.

## Segunda parte

## Bêbados

Mas tal situação é uma questão ainda não resolvida. É objeto de discussões. Muitas propostas na mesa e muito papo-furado. Dizem que os veículos fazem parte da modernidade. Mas que modernidade é essa? Carregam entre si uma falsa ilusão de poder.

Grande número, refletindo, se julgam os donos do pedaço. Bêbados encontram postes pela frente. Os derrubam, os fios enrolam em suas pernas, em seus pés e em seus braços, daí correm soltando fagulhas pelos corpos. As mãos parecendo duas lanternas acesas iluminando a tarde, assustam os transeuntes.

## Terceira parte

## Inconsequentes

Os habitantes estão dando uma última oportunidade a quem de direito. Eles têm força suficiente para obrigá-lo a mudar de processos e de métodos. Há no ar um pouco de esperança para todos que sofrem as consequências nocivas das fumegantes toxinas.

Pois é, as florestas exuberantes estão indo embora. Quando vêm as chuvas torrenciais acompanhadas de ventos fortes e raios assustando todo mundo, lembram-se do descalabro que fizeram com a natureza.

Não adianta nada se esconderem aqui ou ali. A chuva é capaz de levar tudo que tem pela frente.

Nem os bancos livram-se. Os cofres que guardam dinheiro vão para as ruas. Aí os malandros correm atrás. Mas nada conseguem.

Aí a polícia chega. Velozes fogem para os buracos escavados por eles na redondeza onde se escondem.

Inquietos não observam — com o calor os buracos tornam-se um criador de formigas. Num instante, elas tomam conta dos corpos picando-os. Saem pávidos pedindo socorro. Ai, ai, ai...

## Quarta parte

## Maldade

Além da fumaceira produzida pelos veículos, há muita gente mal-intencionada fustigando a vida de seus semelhantes.

> a. Não se pode mais ir tranquilo até o bazar ali na esquina.
>
> b. Não se pode mais fazer uma caminhada em volta de sua casa.
>
> c. Não se pode mais dar um passeio até o parque.
>
> d. Não se pode mais ir comprar um jornal na banca ali perto.

Por essas e outras anormalidades, os habitantes andam insatisfeitos. Ninguém que dirige a cidade se dispõe providentemente com medidas adequadas.

*Há necessidade de proposições concretas. Alguém terá que ter a suprema sabedoria para conduzir os habitantes a um caminho honrado e correto para que tudo volte ao normal, acabando ou reduzindo a fumaceira tóxica. Nas ruas das cidades bem como nas estradas há mais veículos do que gente circulando. É verdade.*

**Quinta parte**

**Irresponsabilidade criminosa — mau exemplo**

*Na estrada muito movimentada, abstraído da fumarada vinda dos caminhões e dos ônibus que iam em sua frente, um dirigente de uma importante indústria se deslocava rumo ao seu trabalho.*

*Trafegava no lado direito da estrada, e a indústria se situava no lado esquerdo. Guiava a mais de 150 quilômetros por hora. Repentinamente perde a direção, invade uma casa, quebra o portão e a porta de entrada, adentra uma sala onde se encontrava um velhinho tomando seu café da manhã, tranquilo lendo o jornal.*

*Pede desculpa. O velhinho olha bem para ele. Outra vez... Você acordou a minha velhinha. O motorista sem-vergonha ainda pediu um cafezinho.*

*O velhinho esperto, apesar do susto, antes de servir o café pediu a ele para transferir por pix quatro mil reais para consertar o portão, a porta e as cadeiras.*

*Respondeu: Está muito caro.*

*Você me paga ou chamo a polícia.*

*Polícia não. Sou dirigente de uma grande empresa. Sem escândalo.*

*Repetiu: Polícia não.*

*Está bom, vou pagar. Me informe seu pix.*

*O velhinho forneceu.*

*Passados alguns minutos, informou ao velhinho: Já está em sua conta.*

*Então agora o velhinho e a velhinha resolveram servir o café.*

*Aí o velhinho e a velhinha foram até a cozinha. Conversaram. Você, minha querida velhinha, leva o café normal. Antes iremos preparar uma surpresa para o indivíduo.*

*Colocaremos cinco colheres de açúcar, três canecas médias de café e um pouco de sabão de coco para fazer espuma numa panela. Mexeram bem. Virou uma massa líquida marrom.*

*Em seguida os dois foram levar para o intruso que se encontrava dentro do carro ouvindo música.*

*A velhinha foi na frente com a bandeja de café. O velhinho atrás com a panela cheia daquela massa líquida morna. Ela deu o cafezinho e algumas bolachas para ele. Experimentou. Gostou.*

*Em seguida, o velhinho pegou a panela e a despejou em sua cabeça. Molhou a gravata, a camisa e o paletó.*

*Deu um pulo para fora do veículo. Reclamou: O que é isto? O velhinho respondeu: É para você nunca mais entrar em minha casa sem ser convidado.*

*Aquele dirigente de uma importante indústria foi embora furioso. Já passava das onze horas da manhã. Chegando à empresa foi o maior vexame. As roupas manchadas enodoaram sua imagem. Os comentários maldosos ultrapassaram os muros, se espalharam pela cidade onde morava.*

*Bem-feito.*

*Fim. Que pena.*

# JOVENS DESTEMIDOS

*Primeira parte*

O Pedro e o João, dois irmãos, um com vinte e três e o outro com vinte e cinco anos, gostavam de festas.

Foram convidados pelos seus dois primos mais ou menos da mesma idade, que residem numa cidade próxima, a participarem de um baile festivo que lá seria realizado.

Os quatro com ternos novos — deixaram no carro mais quatro ternos de reserva para uma possível emergência.

Deixaram o carro próximo ao Clube Social. Dirigiram-se à portaria. Foram entrando. O porteiro os barrou. Pediu: Apresentem seus convites.

Um olhou para o outro disfarçando. Nossa, deixamos os convites em casa. Na verdade, não tinham nada.

O porteiro, que já estava acostumado a lidar com jovens em situações semelhantes, falou bem alto: Sem convite não entram, não. Nem que a vaca "tussa".

*Então, enquanto o porteiro ia atendendo vários casais que chegaram ao mesmo tempo e examinava os convites, eles aproveitaram. Entraram junto com eles como se fossem filhos de um dos casais.*

*Foram para os fundos do salão. Saíram. Foram até o carro. Trocaram os ternos que eram na cor cinza por ternos na cor preta.*

*O porteiro preocupado percorre o salão à procura dos rapazes. Eles retornam. Encontram a porta semiaberta. Entram tranquilamente, no instante em que os casais se dirigem ao salão para dançar.*

*Dois foram para um lado do salão e os outros dois foram para o outro lado. Escolhem as mesas em lugares escurinhos.*

*Após se divertirem bastante, quando já estavam se dirigindo à portaria para saírem, desafiaram o porteiro: Entramos e saímos, trocamos de roupas e agora estamos saindo em definitivo — e você não percebeu nada.*

*O porteiro ficou puto da vida, avisou: Vou chamar a polícia. Aí os rapazes com rapidez entraram no carro e foram para casa.*

## *Segunda parte*

*De manhã os primos despediram-se. Entraram no carro para retornar. A estrada estava toda esburacada. Numa descida íngreme, o motor pifou e os freios também.*

*O carro foi descendo desgovernado, colidiu com uma kombi cheia de galinhas e dez cestos de ovos.*

*Com o choque as portas do veículo se abrem. As galinhas se espalham no asfalto.*

*Os cestos dos ovos quebram-se ao cair na estrada. Formam uma pasta malcheirosa. Mistura-se com a galinhada.*

*O dono e os causadores do acidente conseguiram desvirar a kombi. Em seguida, os três foram tentar levar uma quantidade maior de galinha para dentro. Cada um com duas delas. Cocó, cocó, cocó, pá, pá, pá: deram várias bicadas nos braços de cada um. Com muitas dores e cansados eles as empurraram para dentro da kombi.*

*Dois policiais do trânsito chegaram e, antes de providenciarem os boletins de ocorrência, tentaram levar quatro galinhas para dentro da kombi. Cocó, cocó, cocó, pá, pá, pá: levaram várias bicadas nos narizes. Estão inchados até hoje.*

*Daí decorre um tumulto nunca visto na estrada. O trânsito para. Os motoristas buzinam. Os segundos, os minutos e as horas ecoam no espaço.*

### Terceira parte

*O dono da kombi se aproxima dos rapazes, que não sabem o que fazer. Diz, com a cara fechada: Vocês são culpados pelo acidente. Respondem no mesmo tom: Nós não, o automóvel é o culpado. O outro responde: Quem estava dirigindo o veículo? Um deles se apresenta: Eu. Então você é o culpado. Vamos averiguar.*

*Em seguida, os policiais, com os narizes inchados, ouvem um, ouvem o outro. Afirmam: Os senhores (os rapazes) são os responsáveis pelo acidente. Chamam um guincho. O motorista deste retira os veículos da estrada. Deixa-os no acostamento. O trânsito é liberado.*

*Chamam os três. Solicita ao motorista da kombi: Calcule os seus prejuízos. Tudo dá R$ 4.000,00. Os rapazes: **Não vamos pagar. Não temos dinheiro.** Um dos policiais **enérgico**s: Paguem ou irão presos!*

*Os rapazes ficam apavorados, um fala para o outro: Não temos dinheiro nem para pôr gasolina no carro. Um deles liga para os primos. Informa: Aconteceu um acidente. O carro colidiu na traseira de uma kombi. Estava cheia de galinhas e de ovos. Eu e o meu irmão fomos considerados culpados.*

*Em que altura da estrada estão? Não percorremos nem dois quilômetros. Aguardem. Logo estaremos aí.*

*Em lá chegando procuram se inteirar pessoalmente dos acontecimentos. Conversam com o dono da kombi, conversam com os policiais, conversam com algumas testemunhas. Conclusão: realmente seus primos são culpados.*

*Por fim, convencem seus primos a assumirem a culpa. Então, agora vamos conversar com o dono da Kombi, pagaremos o valor do prejuízo: quatro mil reais, com a condição dele se encarregar de levá-la para uma oficina de sua preferência. Resolvida a pendenga, os dois primos resolvem: o carro segue para a nossa casa num guincho. Depois para uma oficina.*

*Findo o acordo, cada um tomou seu rumo.*

*É a segunda vez que os jovens destemidos enfrentam desordens.*

### Quarta parte

*Os dois irmãos foram para a casa dos primos a pedido destes, pois os primos eram abastados. Lá ficaram morando.*

*Não demorou muito tempo, os primos alugaram uma casa por um dia numa praia não muito distante. Já era a estação de verão, o sol reinava com a temperatura bastante alta. Os quatro iam para lá se divertir.*

*Não demorou muito, arrumaram algumas encrencas. Mexeram com algumas mulheres que naquele momento estavam sozinhas, embaixo de uma barraca. Depois elas levantaram-se e seguiram para a praia. Os rapazes ousados, já meio alcoolizados, as acompanham de perto fazendo gracinhas.*

*Do nada aparecem os maridos. Os rapazes não perceberam. Todos eram altos e fortes. Os maridos perguntaram: O que estão fazendo aqui mexendo com as mulheres? Responderam: Estamos nos divertindo.*

*Os maridos reagiram: São nossas mulheres. E foram para cima deles distribuindo pontapés. Os primos também eram fortes. Enfrentaram os maridos. Areia e água lambuzavam os banhistas vizinhos. Se sentindo incomodados com os barulhos da briga, entraram na confusão. Com mais gente participando, ninguém sabia quem era quem.*

*As mulheres, vendo que seus maridos estavam levando a pior, entraram na desordem, com os sapatos distribuíam sapatadas para todos os cantos.*

*Alguém avisou a polícia. Chegando lá os policiais tentaram acalmar a situação. Levaram alguns empurrões. Eram poucos diante de tanta gente se desentendendo. Os soldados pediram reforços. Veio um camburão enorme. Quando alguns viram aquele veículo enorme da polícia, saíram correndo rumo às ruas.*

*Aqueles que lá ficaram ainda discutindo foram presos, inclusive os quatro rapazes, foram levados para a delegacia.*

*Quando os briguentos chegaram à delegacia, ficaram presos numa sala enorme. Enquanto o delegado estava muito ocupado com outras brigas, os quatro primos, já quase sem roupas, no meio de tanta gente a ser ouvida pelo delegado, escondem-se atrás da porta de saída. Num descuido dos policiais, saem pela porta da frente correndo rumo à praia. Se escondem no meio dos banhistas.*

*Dois policiais do lado de fora, que estavam fazendo a ronda, percebem a fuga. Com os revólveres nas mãos vão atrás deles, como não os conhecem nada encontram. Os banhistas, vendo aquelas armas brilhando, saem correndo da praia, tropeçando na areia, caindo e se levantando na direção da rua.*

*Os jovens destemidos vão para o outro lado da praia, onde deixaram o veículo estacionado embaixo de uma árvore. Vão embora.*

*Em alta velocidade trafegam pela estrada com destino à cidade onde moram. Chegam em casa.*

*Alguém "espertinho" aproveitou a ausência deles, entrou na casa e furtou objetos de valor — smartphone, televisão, computador, impressora. Prejuízo enorme.*

*No dia seguinte, já conformados com as perdas, começaram a "bolar" outras viagens.*

## Quinta parte

*Na semana seguinte seguem para uma cidade grande onde não conhecem ninguém. Usando o GPS, não demora muito chegam ao centro. Hospedam-se num hotel cinco estrelas. Com café da manhã e jantar. Sem almoço. Esqueceram-se de perguntar o valor das diárias.*

*Durante o dia vão conhecer os pontos turísticos e os estádios de futebol. À noite, as boates.*

*São solteiros, não têm compromissos com ninguém. Como à noite todos os gatos não são pardos, foram conhecer uma boate no centro da cidade.*

*Entram e escolhem uma mesa próxima ao palco, que fica bem perto da porta de saída. Sentam-se em cadeiras bem confortáveis. Pedem algumas bebidas. Vinho, cerveja e conhaque. Uma cantora no palco desfila várias canções românticas. Eles, já descontraídos, a acompanham.*

*Já passava das duas horas da madrugada, repentinamente se aproxima deles um frequentador metido (a besta). Pergunta: O que estão fazendo aqui? Respondem: Viemos conhecer a casa. Inopinadamente o homem empurra uma cadeira onde estava sentado um dos primos, que cai no piso. Os outros primos perguntam ao agressor: Está querendo briga? Nesse instante aparecem mais três amigos do agressor.*

*Os primos, todos altos e musculosos, enfrentam os agressores. Eles (os agressores) levam a pior. Uma discussão acalorada começa. Os primos, num movimento ardiloso, rápido e brusco, jogam os quatro estranhos na direção de uma parede, estes batem as cabeças e caem no piso atordoados.*

*A orquestra continua tocando. Outros frequentadores vão em defesa dos agressores, que se encontram fora de ação. Os rapazes, hábeis, ficam em posição de combate.*

*Quando vários ameaçam jogar cadeiras na direção deles, dão uma voadora e todos eles caem no piso com as cadeiras e tudo. Um segurança da boate foi ver o que estava acontecendo, também tem o mesmo destino, desaba no piso. Voam garrafas e copos para todos os lados.*

Outro segurança aparece com um revólver na mão, aponta a arma em direção aos primos. Estes, rápidos, dão vários chutes e apanham a arma, o sujeito cai com as pernas para os ares.

Um dos primos, com o revólver nas mãos, o aponta para os agressores que estão caídos no piso para assustá-los. Rápidos, dirigem-se à parta de saída. Apagam as luzes. Saem sem pagar a conta. Dirigem-se ao hotel onde estão hospedados. Outro segurança os persegue. Mas não os encontra.

Arrumam as malas. Passa das três horas da madrugada. Saem do apartamento, vão até a portaria para tomar conhecimento do valor total das despesas de hospedagem. Acharam as despesas caras. Disseram: Não iremos pagar. O funcionário os ameaçou. Daí amarram os pés do funcionário num sofá pesado. Pegam a chave do estacionamento dos bolsos dele. Deixam a porta da portaria aberta. Entram no carro. Retornam à cidade onde moram.

Como a porta do hotel ficara aberta na madrugada, muitas pessoas desconhecidas entraram no hotel. Dormiram nos sofás depois de se embebedarem com todos os tipos de bebidas caras. Na situação em que se encontrava o funcionário, não podia tomar nenhuma decisão.

O dia foi amanhecendo. O funcionário que fazia turno de dia chegou. Encontrou o hotel de pernas para os ares.

Soltou o funcionário que estava amarrado. Expulsou os estranhos que haviam invadido o hall. Avisou o gerente-geral do hotel, que imediatamente chegou. Ouviu o relato do funcionário que tinha permanecido amarrado e não podia fazer nada. Informou que foram quatro hóspedes jovens que fizeram aquela desordem. Além do mais, não pagaram a conta. Se apoderaram das chaves dos estacionamentos.

Os quatro primos retornaram à cidade ondem moram, como se nada tivesse acontecido.

Depois das aventuras recém-acontecidas decidiram mudar de vida. Abriram uma loja grande de utensílios domésticos no centro da cidade. Em pouco tempo os negócios prosperaram. Tornaram-se comerciantes respeitados pelos bons produtos que vendiam.

Um dos primos gostava de política. Afável e bom de conversa, foi ficando bastante conhecido na cidade. Os tempos de eleições já estavam se aproximando.

Reuniu-se com seus primos. Foi aconselhado a se lançar candidato a prefeito. Realizada a eleição, foi eleito, com ampla vantagem de votos.

Posteriormente conseguiu um segundo mandato. Findo, retornou aos negócios da família.

Como era bastante conhecido, os negócios tomaram um impulso impressionante.

O tempo foi passando, os quatros primos foram envelhecendo. Decidiram passar a administração dos negócios aos quatro filhos.

Ficaram apenas como conselheiros orientando-os quando era necessário.

Numa tarde, numa praça da cidade, debaixo de uma árvore, sentaram-se num banco confortável. Começaram a recordar os tempos quando eram jovens:

- Recordaram-se do quebra-quebra na praia, onde uma desordem impressionante aconteceu.

- Recordaram-se da confusão na boate daquela cidade grande. Voaram copos e garrafas por todos os lados.

- Recordaram-se do acidente na estrada, desgovernado o carro bateu numa kombi cheia de galinhas e cestos de ovos.

*Foram períodos decorrentes da juventude inquieta e cheia de saúde, nada de mais sério aconteceu. A experiência sábia os norteou: os bons caminhos da vida devem ser seguidos.*

*Fim.*

# PANORAMAS DIVERSIFICADOS

*Início: Abstrato*

### *Primeira parte*

Observo grupos de figuras humanas nômades desconhecidos — no início da noite — se deslocando do local onde provisoriamente estariam instalados em acampamentos.

Percorrem bairros distantes, algumas vezes à procura de um lugar acautelado onde pudessem albergar-se em definitivo.

Um punhado vai para um lado. Outro grupo vai para outro.

Não demoram muito, de madrugada retornam.

Dão a entender que são grupos independentes um do outro. Não olham um para o outro. Estão sempre em conflitos.

*Ou aquelas figuras seriam almas penadas de uma entidade do universo sobrenatural vagando sobre a terra.*

*Cruz credo.*

*Hoje à noite vou ficar rolando na cama.*

**Seguinte: Determinativo**

**Segunda parte**

*Não são acontecimentos corriqueiros. A noite sendo mais calma — com a lua cheia — propicia observar o que não se vê durante o dia.*

*A mente amontoada de tarefas, diante de fatos inusitados, move-se circularmente à procura de uma resposta. Todavia, os episódios incomuns* **não são apenas uma ilusão de ótica?**

*Provavelmente sim, pois os burburinhos: sons confusos e prolongados de muitas vozes, junto com outros tons produzidos pelas máquinas, pelos Instrumentos, pelos utensílios — para uma infinidade de usos — provocam no ser humano perturbação intensa.*

*De dia e de noite convive-se com esses aparelhamentos. Dormimos e acordamos com esses fenômenos acústicos que consistem na propagação de ondas sonoras produzidas.*

*Em derivação, há muitas pessoas DOIDONAS por aí. Perambulam pelas ruas e avenidas gesticulando e falando sozinhas. Basta dar uma espiada ao lado.*

### Terceira parte

*A tecnologia da informação está aí para nos dizer. Vive-se num mundo frenético de inovações para o bem ou para o mal da humanidade.*

*Um passo atrás e não mais reconhecemos onde estamos vivendo. A porta se abriu aguardando a chegada de novos equipamentos em substituição àqueles que até ontem eram modernos.*

*Somente o nosso esqueleto é sempre o mesmo, ou melhor, se envelhece a cada segundo que passa. As dores se manifestam, entram em nosso corpo sem pedir licença.*

*Os sofrimentos pela perda de um ente querido estão cada vez mais presentes em nossas vidas. Todos se vão mais cedo ou mais tarde, não há o que fazer, por enquanto.*

*São fases que decorrem do tempo. Não se pode substituí-las. Há um vácuo cheio de água nos espreitando.*

*Se nele mergulharmos espiritualmente, somente sairemos se formos içados pelas pernas — com fungos — espalhando odores por diferentes lados. Os vizinhos e os passantes, irritados, afastam-se xingando o chefe dos demônios e todo mundo.*

### Quarta parte

*Sempre há uma corrida atrás de alguma novidade. Seja para amenizar a solidão ou para encher a casa de "trecos" que ficam espalhados pelo piso sem nenhum uso. Daí num determinado dia acorda-se, daí sim, dá-se conta — puxa, eu não soube me conter ante a enxurrada de produtos novos. Necessito tomar mais cuidado.*

*Passada uma semana, esquece-se da promessa. Dá uma olhada no shopping. Faz reflexão. Ainda não tenho aqueles instrumentos sonoros de última geração. As mãos ficam coçando.*

*Perde o bom senso. Realiza as compras. No dia seguinte recebe em casa aquelas tralhas todas. Não tem onde acomodá-las. Aí se arrepende.*

*A vida segue um padrão. Nos acomodamos com as nossas rotinas. Se delas saímos sentimos falta. Nascemos e morremos numa mesma habitação, com os mesmos conjuntos de bens. Alteramos um mínimo ou apenas modificamos o lugar de cada um num mesmo ambiente.*

*Estamos cada vez mais aperfeiçoando a nossa profissão, para se enfrentar novos desafios. Os fazeres habituais são entrecortados por pequenas viagens de recreio, pois ninguém é de "ferro".*

## *Quinta parte*

*Ao seu lado dezenas de edifícios construídos um próximo ao outro. Um grupo enorme de pessoas de todas as idades neles se instalam. Não se conhecem ou nunca se viram, transitam diariamente pelos elevadores chegando e saindo apressados como se tudo estivesse próximo de se extinguir.*

*Abrem-se as centenas de janelas para receber a brisa calmante, pois a totalidade da melhoria é nova. Elas necessitam de cuidados especiais, senão criam mofos.*

*Não percebemos: as horas lentamente estão indo embora, a noite se achegando, com a madrugada não muito distante — muitas janelas ainda permanecem abertas, com as lâmpadas de incandescências emitindo radiação luminosa e expondo a intimidade de cada um.*

Hoje certamente tudo que consideramos nossos sigilos está à mercê de pequenos chips espiões. Como efeito, estamos expostos à curiosidade daqueles que desejam ou pretendem nos expor a quaisquer pessoas com bons ou nocivos intentos.

## Sexta parte

Neste momento, o alvoroço das ruas é mais frequente. Haja trabalho, haja alimentação, haja moradia, haja divertimentos para todos.

Não obstante, cada um com suas habilidades cria condições para facilitar uma vivência saudável e próspera, desde que com boas intenções, sem prejudicar o próximo.

Cuidado. Muitos devedores estão costumeiramente adiando seus pagamentos. Suas dívidas estão se tornando de cabelo branco ou dívidas antigas. Sem esperar, você confiava piamente, mas não teve jeito, o devedor deu no pé. Daí você, credor, fica a ver o céu jogando gelo em sua cabeça.

Nada é impossível, desde que sigamos pelos contornos normais. Mas o que é normal?

Normal é o que a maioria segue, mas isso não significa que todos estão cheios de boas intenções. Sempre que alguma pessoa tenta encurtá-lo acaba se prejudicando.

Por outro lado, observa-se que em tempo algum se encontra com alguma pessoa nossa conhecida num mesmo local onde frequentamos. É uma casualidade ou por aí tem alguma treta.

*Seja num supermercado, num shopping ou caminhando em algum parque. Evidentemente, os hábitos de cada um não são iguais.*

*Tal dessemelhança é o que torna a vida enigmática, atraente, fascinante e encantadora.*

*Fim.*

# PERSPECTIVAS

*Primeira parte*

**Conflito**

Desde que surgiram os homens na face da Terra as encrencas vieram junto.

De tempos em tempos, vivia-se calmamente. Aqueles mal-intencionados sempre davam um jeito, não aguentavam ficar parados. Davam uma olhada em volta, percebiam que os outros progrediram mais do que eles.

Deduziam: estamos ficando para trás. Provocavam. Aí vinham as discórdias. Um não podia olhar para o outro. Como estavam na periferia da cidade fazendo caminhadas em pistas diferentes, ao se cruzarem começaram a discutir.

Havia algumas árvores frondosas. Vários pássaros surgiram. Pousaram num galho. Cantavam sem parar. Mesmo assim, com o ambiente prazeroso, a encrenca continuava. Até que um pequeno tigre deu as caras. Botou todo mundo para correr...

*Deslocaram-se desembestados em direção a um lugar seguro. Fizeram as pazes. Constataram que não valia a pena continuar sempre em conflitos. Os diálogos iniciaram-se. Cada um lembrando-se de acontecimentos pitorescos. Iam andando a passos rápidos, desatentos. Não viram um riacho logo à frente. Ouvem ruídos fortes. Ao olharem para os lados, batem de encontro num pequeno galho, caindo os dois dentro de um pequeno riacho. Era época de inverno. A água já se encontra em estado sólido. Com as roupas molhadas, foram embora soltando fumaça de água gelada pelas orelhas.*

**Segunda parte**

**Predadores**

*Nós somos predadores. Sempre fomos. Sai geração, entra geração, pouco mudou.*

*O tempo voa. Fatos novos surgiram. As ambições não têm limites. Imediatas vieram as consequências. Tornaram-se frequentes os desatinos. Prevaleceu a ignorância, de quem se dizem líderes de uma nação.*

*Os diálogos não foram suficientes. Explodem-se revoluções. Na esteira vêm as guerras. Uma desgraça que atinge a todos, sem exceção.*

*No meio de toda a desordem, ainda há alguns bem-intencionados. Não desanimam. Olham para cima, lá está o sol a brilhar. As chuvas continuam regando as plantações. As colheitas estão próximas.*

*Nem tudo está perdido. Sempre comparece um bom caminho. Não o segue quem não o quer. Muitos elaboram novas soluções, em confronto com quem prefere a maldade, a destruição e desfazer tudo aquilo realizado de bom ao longo da existência da humanidade.*

*Para facilitar a vida daqueles que trabalham à noite, criaram-se as peças de madeira que são fixadas no solo para sustentar os condutores de eletricidade, que por sua vez possibilitam instalar as lâmpadas para iluminá-las, com a ajuda das estrelas lá tão distantes.*

*Terceira parte*

*Fantasia*

*Mudou-se a maneira de conduzir as cidades. O povo exigiu. Os administradores são obrigados a apresentar, a cada seis meses, um balanço das receitas e das despesas dos municípios. Não se gasta mais do que se arrecada. Portanto, claro, não há mais déficit. Não há desperdícios de dinheiro.*
*Há um novo mundo despertando.*
*Será?*
*As cidades estão progredindo num engate impressionante. Aos poucos estão sendo construídas novas gerações de edifícios, de lojas, de aeroportos e de hospitais. Uma "beleza", sem nenhuma corrupção.*

## Quarta parte

### Otimismo

Um cidadão honesto era o Pedro. Vejam sua história.

Apesar de seus esforços, não encontrava um trajeto pelo qual pudesse dar início às atividades normais da vida. Conseguir um bom emprego, instalar uma indústria ou abrir uma loja onde pretendia comercializar bons produtos.

Por fim, decidiu abrir uma loja para vender todos os tipos de tecidos. Os tempos não estavam para peixe. Abria a loja bem cedo, os fregueses chegavam, olhavam, especulavam e nada de comprar.

Chegou a uma conclusão. Não era tempo de comercializar produtos desse tipo. O povo não se alimenta de "tecidos". Mudou de ramo. Fechou a loja. Instalou uma confeitaria. Daí os negócios deslancharam. Os fregueses chegam, compram, retornam para casa cheios de pacotes de pães, de queijo, de doces deliciosos. Ao sair, elogiam o atendimento.

*Nada como ser otimista e honesto. As oportunidades despontam. Basta ter disposição. Quando um cavalo arreado surgir em sua frente, não perca a oportunidade. Monte. Vá em frente.*

## Quinta parte

### Perspectivas

**Hoje.**
Está tudo correndo bem.

**Daqui a uma semana.**
Não se imagina o que irá acontecer.

**Daqui a um mês.**
Complicado prever.

**Daqui a um ano.**
Impossível idealizar qualquer evento.

*As frases anteriores confirmam que o homem é um ser pensante. A sua mente é um fogo em brasa. Registra os fatos que estão acontecendo naquele momento em seu redor com precisão.*

*Não nos convém imitar um futurólogo, não nos leva a nada. Aquele sujeito que se arriscava a antever o futuro, porém seus pensamentos transformaram-se num emaranhado de mingau.*

*Sai de casa à procura de alguma coisa. Olha para um lado. Olha para o outro. Ausência de nada. Até que um dia, estonteado, foi seguindo reto além das divisas da cidade. Bate a cabeça numa rocha. Acorda desesperado. A mente despertou. Pergunta a si mesmo, onde estou? Resolve sair às pressas. Rindo das besteiras realizadas. Retorna, com a vizinhança toda batendo palmas.*

*Sexta parte*

*Realidade*

Não adianta procurar chifre em cabeça de cavalo. Enfrentar a realidade. Esse é o caminho. Com os pés no chão, respeitando o semelhante com cortesia e consideração.

Fim.

*Fim da passagem por aqui.*
*Lá não.*

*Aviso:*

*Não se assustem.*

*Nada é infindável.*

*Passa-se daqui para acolá.*

*Nada muda.*

-1-

*A morte é a continuidade da vida. Quem faleceu não sabe que morreu. Irá se encontrar, quem lá está, num oásis de contentamento e alegria, em uma paz eterna, sem os desgostos do passado.*

-2-

*Muitas luzes brilham em torno de milhões de almas. Elas se divertem indo e vindo no infindável espaço. Fluindo espontaneamente sem chateação.*

-3-

*Não se perguntam de que modo devem proceder. Não há milhares de avisos, advertências, não faça isso e nem faça aquilo. Cada uma é livre, estão sempre juntas. O espaço é enorme.*

*-4-*

*No silêncio dão sinais aos generosos corações, daqueles que ainda estão por vir e se juntar a elas, sendo pobres ou ricos, sem nenhuma distinção.*

*-5-*

*São austeras nos costumes sem ser enfadonhas, não dão palpites a uma ou a outra. Não tem enrolação. Cada uma cumpre sua missão.*

*-6-*

*Até.*
*Não de imediato.*
*Cada um tem seu dia.*
*Desde quando nascemos.*

## -7-

*Final do texto.*

*Boa noite.*